La sœur
qui rend JALOUX

Jean-Luc Luciani
Illustrations de Thierry Christmann

Cap
Soleil

La sœur
qui rend JALOUX

RAGEOT

ISBN 978-2-7002-3419-0

ISSN 1772-5771

Conception graphique de la couverture : Malou.

Pour Jonathan et Florian qui ont su, pour l'instant, m'épargner les affres d'une adolescence pénible.

Et qui, je l'espère, n'ont pas la moindre intention de commencer...

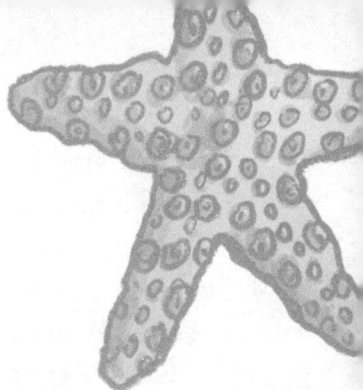

Un bébé
qui change la donne
(et la vie aussi)

C'était une soirée comme je les aime, une soirée où l'été coule en pente douce. Une soirée où les vacances n'étaient pas totalement oubliées (la rentrée en cinquième n'était prévue que pour dans trois jours), mais où les chaleurs harassantes du début du mois d'août n'étaient déjà plus qu'un mauvais souvenir.

Les élèves profitaient de leurs derniers jours de farniente[1], du moins ceux que leurs

1. Douce oisiveté.

parents stressés n'obligeaient pas à une remise à niveau dans un institut privé.

J'avais, pour ma part, la chance de ne pas faire partie de cette catégorie et mes journées se résumaient à peu près ainsi :

• **6h** : Alarme générale dans la maison due au réveil de ma petite sœur Angelina. Recherche à tâtons de mes bouchons de cire. Mise en place du paravent acoustique. Rendormissement immédiat.

• **11h** : Réveil lent et pénible. Ouverture de l'œil droit.

• **11h 02** : Fermeture de l'œil droit.

• **11h 30** : Nouvelle tentative de réveil.

• **11h 45** : Sortie plus ou moins définitive du lit.

• **11h 50** : Déplacement à tâtons vers la cuisine (avec passage prioritaire aux toilettes).

• **11h 52** : Prise en main du paquet de corn-flakes au fond du placard - Ouverture du frigo - Repérage de la bouteille de lait.

• **12h - 13h** : Petit déjeuner - Rencontre éventuelle avec un membre de ma famille - Grognement guttural pour lui signifier ma présence - Vérification du courrier arrivé le matin (toujours aucune lettre en provenance d'Italie[1]) - Mise en place d'un vague projet pour le reste de la journée (ranger ma chambre, aller à la plage, bosser mon piano, m'entraîner au foot...) - Brossage de dents - Douche.

• Aux alentours de **13h** : Nouveau séjour prolongé aux toilettes, avec si possible une bande dessinée entre les mains.

• **13h 30** : Vautré sur le canapé devant la télé, zapping infernal d'un programme débile à l'autre.

• **14h** : Renoncement du projet ébauché entre 12 h et 13 h.

• **14h 15** : Début de sieste après mise en place préventive des bouchons de cire.

Mais revenons-en à cette soirée qui débutait.

1. Adrien a rencontré Sophia, une belle Italienne, durant ses vacances en Corse (Lire *L'île qui rend fort*).

Il était donc entre dix-neuf heures et vingt heures, je déroulais quelques gammes faciles installé à mon piano lorsque la sonnerie de la porte d'entrée s'est mise à retentir sans s'arrêter, comme si un escargot était en train de glisser dessus.

– Tu veux bien aller ouvrir Adrien ? a hurlé maman du fond du jardin. Je suis occupée avec la petite !

Sa proposition tout en nuances n'était en fait qu'une menace à peine voilée. Elle sous-entendait clairement : soit tu vas ouvrir et tout se passera bien, soit j'y vais et ta sœur restera seule l'espace d'une minute. Dans ce cas précis je ne saurais être tenue pour responsable de ce qui se produira. En effet, Angelina ne supportait pas la solitude. Ses cris sismiques étaient là pour nous le rappeler quotidiennement. Avais-je vraiment d'autre choix que celui de répondre par l'affirmative ?

– C'est bon maman, j'ai soupiré. Je m'en occupe…

Je me suis traîné jusqu'à l'entrée et j'ai ouvert la porte. Le gastéropode qui glissait sur la sonnette n'était autre que l'index de ma tante Pauline. Elle l'y laissait enfoncé en attendant que son regard veuille bien quitter celui de mon ancien instituteur de CM2.

– Maître, que faites-vous ici ? j'ai demandé. Je croyais que vous prépariez votre rentrée scolaire ?

M. Caluini est devenu tout rouge et il a bafouillé :

– Mais c'est exactement ce que je fais. Nous avons passé l'après-midi avec ta tante à la Vieille-Charité en prévision d'une sortie avec mes élèves.

Je n'ai rien dit mais tout cela m'a paru fort suspect. Lorsque j'étais dans sa classe, le seul musée que fréquentait régulièrement mon maître était celui de l'Olympique de Marseille dans les sous-sols du stade Vélodrome.

– À demain ? a soupiré Pauline en daignant enfin ôter son index de notre bouton de sonnette.

– Oui, a répondu M. Caluini, nous irons visiter le musée des Beaux-Arts au palais Longchamp.

Puis, se tournant vers moi, il a ajouté :

– C'est pour préparer mes leçons d'arts plastiques.

Sitôt la porte refermée, tante Pauline m'a passé la main dans les cheveux.

– Ça va toi ? elle a dit sans même attendre la réponse.

Et elle a filé le long du couloir qui menait à la véranda en demandant à haute voix :

– Et comment se porte ma princesse Angelina ?

Je suis retourné à mon piano en pensant que les choses n'étaient décidément pas près de changer dans cette famille de fous.

J'ai tout juste eu le temps de monter la gamme que la sonnerie retentissait à nouveau. Cette fois-ci, elle n'avait rien d'une limace somnolente, elle tenait plutôt du bélier en rut.

J'ai filé ouvrir avant que ma mère ne me le demande. Comme à son habitude, papa est entré en coup de vent.

– Désolé fils, a-t-il lancé, j'ai oublié mes clefs !

Sa sacoche a volé à travers le salon, mais elle a raté le canapé de quelques centimètres et s'est écrasée au sol dans un bruit de verre brisé. Mon père a eu le réflexe de poser ses deux mains en rempart devant sa bouche pour atténuer son cri d'horreur.

– Malheur ! C'est le biberon que ta mère m'avait demandé d'acheter pour Angelina. Si elle apprend que je l'ai cassé…

Il a posé un index sur sa bouche et a roulé des yeux affolés en forme de boules de pétanque.

– Ne dis pas que je suis rentré, a-t-il murmuré, je repars sur-le-champ en acheter un.

Mon père faisait déjà demi-tour, mais j'ai eu pitié de lui.

– Papa…

– Oui ?

– Inutile de ressortir, les magasins sont fermés à cette heure-ci.

Il est devenu aussi blanc que mon iPod.

– Alors je suis un homme mort, il a soufflé le plus sérieusement du monde.

À cet instant précis, la voix de ma mère a résonné à travers la maison.

– Chéri, c'est toi ? J'espère que tu as pensé au biberon…

– Hum… C'est-à-dire… Il faut que je t'explique…

Quant à moi, je suis retourné tranquillement faire mes gammes. Je savais d'avance ce qui allait se produire.

Il y a eu tout d'abord un cri énorme, puis le bruit d'un corps qui chute. Ma mère venait de s'évanouir sur le magnifique tapis qu'elle avait rapporté dans sa jeunesse d'un voyage en Iran.

J'ai souri, mais j'étais quand même assez contrarié. Depuis notre retour de Corse, il n'y en avait plus que pour Angelina dans cette maison.

Une fille qui arrondit les angles

(du moins qui essaie)

— Je t'assure que tu délires ! a soupiré Daphné. Tes parents t'aiment toujours autant !

— Tu plaisantes ? C'est tout juste s'ils se rappellent mon existence. Hier ma mère a oublié de m'avertir pour mon rendez-vous chez le dentiste !

Daphné était venue me chercher pour une balade au parc et maman en avait profité pour nous envoyer faire les courses.

– Tu comprends, avait-elle dit, avec ta petite sœur je n'ai plus le temps.

J'ai pris la main de Daphné et on a traversé la rue en courant, direction la boulangerie.

– Tes parents sont momentanément perturbés par la naissance d'Angelina, laisse-leur le temps de revenir sur terre, de s'organiser…

– Mes parents, revenir sur terre ? C'est de la science-fiction !

Nous sommes entrés dans le magasin.

– Bonjour mon coco, a lancé la boulangère, alors comment va ton adorable petite sœur ?

J'ai fait celui qui n'avait rien entendu.

– Deux petites[1], s'il vous plaît.

La commerçante m'a donné ce que je demandais, puis elle m'a tendu un énorme sac rempli de croissants.

– Ça, c'est pour Angelina ! elle a dit en clignant de l'œil.

On est sortis du magasin, Daphné était stupéfaite.

1. Baguette de pain, mais à Marseille seulement.

– Est-ce qu'elle est au courant au moins que ta sœur n'a que trois semaines ? m'a-t-elle demandé.

– Je ne crois pas, mais ce n'est que le début du cauchemar. Suis-moi, tu vas comprendre.

On a filé vers la boucherie.

– Je croyais que ta tante Pauline s'était installée chez vous pour aider ta mère ?

– Tu parles ! Ma tante passe ses journées à visiter les musées avec monsieur Caluini. S'ils continuent à ce rythme, le maire va devoir en ouvrir de nouveaux rien que pour eux !

La femme du boucher semblait très contente de me voir.

– Tu tombes bien mon petit Jérôme, je parlais justement de ta merveilleuse petite sœur avec madame Guarabédian.

– Tu en as de la chance ! a dit Mme Guarabédian.

Je me suis demandé un moment en quoi j'étais chanceux, mais je n'ai pas relevé. Une fois lancée, Mme Guarabédian est impossible à arrêter et je ne pouvais me permettre de prendre ce risque.

Lorsqu'on est ressortis, Daphné s'est étonnée :

– Pourquoi elle t'appelle Jérôme ?

– Ne pose pas de question, j'ai répondu, contente-toi juste d'observer.

Le temps d'arriver à l'épicerie, nous avons croisé cinq personnes qui m'ont demandé des nouvelles de ma sœur. L'une d'elles, voulant se montrer aimable avec moi, m'a passé la main dans les cheveux en disant :

– Et toi, tu es prêt pour cette rentrée en CM2 ?

Daphné était sidérée. Elle commençait lentement à prendre conscience de l'ampleur du désastre.

L'épicier a bondi au plafond lorsqu'il nous a vus pénétrer dans son magasin.

– Adrien, tu tombes bien ! J'ai enfin reçu la marque de couches que désire absolument ta mère pour ta petite sœur.

Au moins, lui ne se trompait pas sur mon prénom.

Sur le chemin du retour, je me suis tourné vers une Daphné perplexe.

– Alors, c'est toujours moi qui délire ? Tu vois qu'il n'y en a plus que pour Angelina. Même les habitants du quartier sont atteints par l'épidémie !

– Bon, je veux bien avouer que l'expérience que nous venons de vivre est assez troublante, mais chez toi tout de même… C'est différent, non ?

– À la maison, c'est pareil ! Je n'existe plus.

Daphné a fait une dernière tentative.

– Tu es certain de ne pas exagérer? Parfois la jalousie trouble notre perception des choses. Ça arrive souvent lorsqu'il y a un nouveau-né dans une famille.

Je l'ai stoppée d'un geste de la main.

– Je t'assure. Plus personne ne s'intéresse à moi, c'est comme si j'avais été rayé de la carte…

Comme elle hésitait encore, j'ai décidé d'enfoncer le clou.

– Et si je te donnais une dernière preuve?

– Vas-y, je t'écoute.

J'étais certain que cette fois Daphné ne pourrait plus argumenter.

– Demain, c'est la rentrée scolaire n'est-ce pas?

Elle a souri.

– Jusque-là, je suis d'accord avec toi.

– Eh bien figure-toi que ma mère a renoncé à m'accompagner au collège! Elle dit qu'elle n'a pas le temps. Que maintenant je suis assez grand pour me débrouiller seul!

Là, ma copine était carrément estomaquée.

— Ta mère ne t'accompagne pas le jour de ta rentrée en cinquième !

— Ah, tu vois… Et des exemples comme ça, j'en ai plein d'autres à ta disposition.

Daphné a secoué la tête de gauche à droite.

— Non merci. Tu m'as convaincue.

On s'est remis en marche. Lentement.

— Mon cher Adrien, a soufflé Daphné, il va falloir défendre chèrement ta peau.

— Je veux bien moi, mais comment ?

— Je n'en ai pas la moindre idée. Mais tu pourras toujours me demander de l'aide le moment venu.

Je l'ai prise par l'épaule et je l'ai serrée fort contre mon cœur.

— Merci, je savais que je pouvais compter sur toi.

Daphné a rougi, puis un petit sourire malin s'est coincé sur ses lèvres.

– À part ça, comment va-t-elle ?

– Qui ? j'ai demandé naïvement.

Daphné a éclaté de rire.

– Eh bien ta sœur, Angelina ! elle a répondu en se mettant à courir.

Ensuite, j'ai tenté de la rattraper jusqu'à la maison en la menaçant des pires représailles.

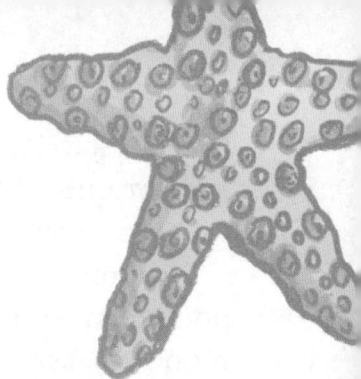

Une lettre qui résume La situation

(ou presque)

Le soir même, j'ai décidé de demander conseil à ma charmante Italienne. L'occasion était trop belle pour me permettre de reprendre contact avec elle sans en avoir l'air.

Je me suis installé confortablement à mon bureau et j'ai commencé à rédiger mon courrier. C'était la première fois de ma vie que j'écrivais une lettre à une fille, je veux dire une vraie lettre pas une simple carte postale, et j'étais loin de me douter de la terrible épreuve que je m'apprêtais à affronter.

J'ai commencé par écrire : Chère Sophia.

Et je me suis arrêté. Chère c'était trop pompeux, trop vieux jeu. J'imaginais bien mon père, écrivant à sa sœur restée au pays et commençant sa lettre par un ronflant : Ma très chère Annonciade...

J'ai enlevé Chère et j'ai mis Salut à la place.

Salut Sophia,

J'espère que tu es en forme depuis cet été et que ta rentrée s'est bien passée. Pour moi, c'est la catastrophe totale!

De nouveau, je me suis arrêté. J'ai trouvé que c'était maladroit et très impoli de ma part de parler aussitôt de moi sans avoir pris de ses nouvelles sur plus d'une ligne. J'ai annulé Pour moi, c'est la catastrophe totale! et j'ai continué à lui poser des tas de questions sur sa vie à Milan pendant au moins dix lignes.

Après seulement j'en suis venu à évoquer mon enfer quotidien. J'ai introduit le problème par une phrase choc, qui ressemblait un peu aux titres des magazines que l'on trouve sur la table du salon de coiffure où va maman.

Ici, à Marseille, c'est vraiment l'horreur!

Encore une fois, je me suis arrêté. Comment pouvais-je parler d'horreur alors que nous vivions au bord de la mer, avec plus de trois cents jours de soleil par an, que je mangeais à ma faim et que j'avais la chance de suivre des études? La décence me l'interdisait. J'ai rectifié.

En ce qui me concerne, tout n'est pas rose!

Je me suis arrêté. Si, au contraire, tout était rose. Il y en avait même partout! Sur les murs de la chambre de ma sœur, sur ses affaires, sur les fleurs qu'offrait chaque matin M. Caluini à ma tante Pauline lorsqu'il venait la chercher pour visiter un musée. Ma vie entière était rose absolu!

J'ai enlevé tout n'est pas rose et j'ai écrit tout ne se passe pas au mieux à la place. J'ai enchaîné :

Angelina est un véritable démon qui hurle dès qu'on ne s'occupe pas d'elle et du coup je n'existe plus...

Là encore, je me suis arrêté. Quel idiot j'étais! Bien entendu que j'existais encore puisque j'étais en train de lui écrire! Bon sang que c'était compliqué d'écrire une vraie lettre!

Sur l'instant, j'ai eu un passage à vide. J'ai réalisé qu'à ce rythme je mettrais trois jours pour la terminer. C'est alors que je me suis souvenu d'un des nombreux conseils que mon père me souffle à l'oreille lorsqu'il n'a rien de mieux à faire : « Adrien, mon fils, le mieux est l'ennemi du bien! »

Jusqu'à ce jour, je n'avais pas vraiment saisi le sens profond de cette maxime, mais soudain tout est devenu clair. J'ai décidé de ne plus être aussi tatillon, du coup la rédaction de la lettre a progressé à une vitesse phénoménale.

En moins d'un quart d'heure, j'ai réussi à décrire l'état d'esprit dans lequel j'étais plongé, les interrogations qui étaient les miennes et l'impasse dans laquelle je me trouvais. J'étais certain que Sophia aurait la solution et ne tarderait pas à me la proposer par retour de courrier.

J'ai terminé par un traditionnel :

En attendant de tes nouvelles, je t'embrasse très fort.

J'ai eu un dernier doute sur le très fort. Était-il utile dans le contexte ? Puis, je me suis souvenu de mes bonnes résolutions. Pas de chichis[1], droit au but[2] !

Il ne me restait plus qu'à écrire mon prénom et mon nom en bas de page et le tour était joué.

C'est à ce moment précis que maman est passée derrière mon dos tout en berçant Angelina dans ses bras. Elle fredonnait à voix basse une chanson censée endormir ma sœur, mais vu la façon dont elle continuait à s'agiter j'ai pensé que si nous attaquions l'auteur-compositeur de la berceuse pour

1. Ne pas faire de chichis signifie ne pas faire de manières.
2. « Droit au but » est la devise de l'Olympique de Marseille.

publicité mensongère, on avait des chances de gagner beaucoup d'argent.

– Qu'est-ce que tu fais ? elle a demandé en se penchant par-dessus mon épaule.

– J'écris une lettre à Sophia.

– Tu veux plutôt dire que tu lui envoies un mail, elle a rectifié.

– Non c'est une lettre, j'ai répondu sur un ton agacé. Tu sais bien, le genre de choses que les facteurs transportent dans leurs sacoches.

– Et tu écris ta lettre sur un ordinateur ? s'est offusquée maman.

– Ben oui, j'ai bafouillé. Je la tape d'abord, ensuite je vais l'imprimer…

– Mais tu es fou, mon fils ! Une lettre destinée à une jeune fille s'écrit à la plume, sur du papier de bonne qualité et de couleur pastel ! Si ton père m'avait envoyé une lettre rédigée sur un traitement de texte, je te prie de croire que jamais il ne serait parvenu à me séduire.

Et puis elle a filé sans me laisser le temps de lui répondre que, de toute manière, les ordinateurs n'existaient pas lorsqu'ils étaient jeunes.

Cette fois, je touchais le fond. J'ai relu attentivement ce qui représentait une bonne heure d'effort et, sans hésiter, j'ai sélectionné le texte et j'ai appuyé sur la touche « effacer ». Angelina a commencé à hurler, j'ai récupéré les bouchons de cire sur ma table de chevet et je les ai enfoncés profondément dans mes oreilles. Puis, j'ai déchiré une feuille dans un cahier de brouillon, j'ai pris mon vieux stylo-plume qui bave et j'ai écrit :

Chère Sophia,

J'espère que tu es en forme depuis cet été et que ta rentrée scolaire s'est bien déroulée.

Pour ma part, c'est l'horreur absolue. Ma petite sœur Angelina terrorise mes parents par ses cris incessants et j'ai l'impression de ne plus exister pour eux

Si tu as une idée pour me permettre de sortir de cet enfer, je t'en prie, n'hésite pas à m'en faire part au plus tôt.

En attendant ta réponse, je t'embrasse sur les deux joues et un peu au milieu aussi.

Adrien

PS : J'espère que l'OM tombera dans le même groupe que l'AC Milan en coupe d'Europe. Ça nous donnerait l'occasion de nous revoir.

J'ai marqué l'adresse sur l'enveloppe, j'ai collé le timbre et je me suis écroulé sur mon lit.

J'étais épuisé. Par la rédaction de la lettre bien sûr, mais surtout parce qu'Angelina commençait vraiment à me taper sur les nerfs.

Un ami
qui me veut du bien
(La plupart du temps)

Je me suis penché vers Nicolas et j'ai murmuré à son oreille :

– Alors qu'est-ce que tu ferais à ma place ?

Le prof d'histoire-géo s'est arrêté d'écrire et m'a jeté un regard noir. Je me suis remis en position d'élève modèle et il a recommencé à user sa craie blanche.

Je venais de passer l'intercours à raconter à mon copain le calvaire que je subissais au sein de ma propre famille.

Nicolas m'a soufflé d'un air malicieux :

– Si j'étais toi, je ferais la misère à mes parents.

– Ça veut dire quoi « faire la misère » ? j'ai questionné.

– Faire la misère, c'est rapporter des mauvaises notes, tenir tête à ton père, ne pas ranger ta chambre lorsque ta mère te le demande… Des choses comme ça quoi.

M. Morel s'est de nouveau arrêté et il a menacé :

– Si vous ne cessez pas sur-le-champ cette discussion, je vous colle à tous les deux trois heures de retenue samedi après-midi ! C'est bien compris ?

Nicolas s'est remis en position d'écoute et le prof a continué à remplir le tableau noir. Mais sitôt qu'il a eu le dos tourné, les messes basses ont repris.

– Pourquoi je ferais ça ? je lui ai demandé, perplexe.

– Pour que tes parents se rappellent que tu existes. Si tu leur mènes une vie d'enfer, ils seront bien obligés de faire attention à toi.

– Pas con ! je me suis exclamé, pas con du tout !

Cette fois-ci, la patience de M. Morel était à bout.

– Bon, ça suffit maintenant ! Donnez-moi vos carnets de correspondance, je vous colle un avertissement de conduite à tous les deux !

Nicolas s'est levé et a pris un air indigné.

– Pour quelle raison, monsieur ?

Le professeur a failli faire une syncope. Il est devenu aussi rouge qu'une pivoine qui fleurit et ses yeux ont doublé de volume. De la vapeur sortait de ses narines et lorsqu'il a commencé à parler, il crachait des flammes tel un volcan en éruption.

– Vous osez me demander pourquoi je vous punis ? Mais parce que voilà plus d'un quart d'heure que vous perturbez mon cours avec vos discussions incessantes et inutiles !

Nicolas ne s'est pas démonté. Il a tranquillement répliqué :

— Je ne vois pas ce qui vous permet d'affirmer que nos discussions sont inutiles.

Il y a eu un silence de mort dans la classe. Quelques secondes se sont écoulées et le cratère Morel a explosé.

— Sortez ! il a hurlé en désignant la porte. Sortez avant que je ne perde mon sang-froid !

Mon ami a rassemblé ses affaires en marmonnant :

— C'est très facile d'évoquer les bienfaits de la démocratie durant vos cours pour ensuite vous comporter comme le dernier des dictateurs…

M. Morel s'est agrippé des deux mains à son bureau pour ne pas défaillir.

— Mais je rêve ! Voilà maintenant que vous me donnez des leçons.

— Non monsieur, loin de moi cette prétention. Je constate des faits tout simplement.

Le prof a commencé à chercher du regard un objet qu'il pourrait lancer à la tête de Nicolas sans le blesser gravement. Ce dernier a compris que le temps de la retraite venait de sonner. Il s'est levé.

– Mes amis, il a dit en s'adressant à la classe stupéfaite, je me vois dans l'obligation de vous laisser.

Puis il s'est dirigé vers la sortie.

– Qui m'aime me suive, a-t-il ajouté en me lançant un clin d'œil appuyé.

M. Morel hésitait encore entre un dictionnaire bien épais ou une brosse à tableau tandis que Nicolas quittait la classe sous le regard médusé des élèves.

J'ai levé un doigt dans sa direction.

– Monsieur, est-ce que la sanction est aussi valable pour moi?

Le professeur m'a adressé un sourire ironique.

– Mais bien entendu Adrien. Un vrai démocrate soutient une justice égale pour tous.

J'ai senti qu'il était dangereux de faire davantage le malin juste après le coup d'éclat de mon ami et je n'ai pas insisté. J'ai rattrapé Nicolas qui s'éloignait dans le couloir.

– Mais qu'est-ce qui t'a pris ? je me suis écrié. Après une telle démonstration, le prof va te détester. Tu vas devenir son souffre-douleur attitré !

Mon camarade s'est tourné vers moi en soupirant.

– Décidément, tu n'as rien compris. Après un début d'année aussi catastrophique, mes futurs efforts n'en prendront que plus de valeur à ses yeux. Tu vois ce que je veux dire ?

– Euh non, pas vraiment…

Nicolas a alors adopté une démarche pédagogique à mon égard. C'était facile pour lui. Ses parents sont enseignants et il doit subir ce genre de discours explicatif à longueur de temps.

– Si ta première note de l'année est un zéro et qu'ensuite tu obtiens un douze, le prof sera très fier de toi. Par contre si tu débutes par un vingt et que ta deuxième note n'est qu'un seize, il sera forcément déçu. C'est pareil pour la conduite.

J'ai approuvé d'un mouvement de tête.

– Pas con, pas con du tout !

Mais Nicolas n'en avait pas fini avec moi.

– Et la leçon est valable aussi pour ta famille. Plus tu leur mèneras une vie d'enfer, plus ton retour à la normalité sera vécu comme une bénédiction. Tu retrouveras aussitôt une place dans leur cœur.

– Tu as raison, je crois que je vais mettre ton plan à exécution dès ce soir.

Nicolas a posé sa main sur mon épaule.

– Sage décision. À part ça, comment va-t-elle ?

— Qui donc? j'ai demandé sans me méfier.

— Eh bien ta petite sœur! il a répondu en détalant.

Ensuite, j'ai tenté de le rattraper jusqu'à la salle de permanence tout en le menaçant des châtiments les plus pervers.

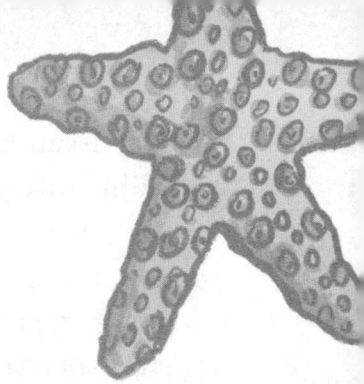

Une attitude qui ne résout pas le problème
(Loin de là)

J'ai donc commencé à mettre en applica-tion le plan « faire la misère à mes parents ». J'ai pensé naïvement qu'il ne serait pas nécessaire d'utiliser une charge de dyna-mite là où quelques pétards devaient suffire largement à régler le problème. Mais j'ai eu faux sur toute la ligne. Mes tentatives de déstabilisation familiale se sont soldées par de retentissants échecs.

L'avertissement de conduite du professeur d'histoire-géo par exemple est passé comme une lettre à la poste. Maman a signé mon carnet de correspondance sans même y jeter un regard, occupée qu'elle était à nourrir le petit monstre.

Par la suite, j'ai accumulé une série impressionnante de mauvaises notes qui n'ont fait l'objet d'aucune remarque. J'en suis arrivé à me demander si quelque chose d'autre que cette satanée pleurnicheuse pouvait mériter l'attention de ma mère...

Mes répétitions inexistantes de piano n'ont pas suscité la moindre question vu que personne à la maison ne s'est rendu compte que je ne jouais plus. J'ai donc décidé, au bout d'une semaine, de reprendre la pratique de mon instrument, mais cette fois-ci j'ai investi un autre champ que celui de la musique classique. La musique expérimentale !

Concrètement, je me suis attelé à plusieurs projets à la fois :

• jouer la même note pendant vingt minutes d'affilée,

• alterner une série d'accords dissonants avec le claquement du capot,

• jouer uniquement les touches noires avec le bout du nez,

• taper sur les touches à l'aide d'objets hétéroclites tels qu'un rouleau à pâtisserie.

Mais de nouveau, pas de réaction.

L'état de ma chambre qui, quotidiennement, semblait avoir été dévastée par un ouragan ne suscitait pas non plus le moindre émoi. Tante Pauline la rangeait chaque matin sans formuler la moindre remarque, les yeux pétillants et la tête dans les nuages. L'amour a l'immense pouvoir de transporter les êtres loin du quotidien, j'en savais quelque chose.

Après trois semaines d'échecs successifs, j'ai esquissé une dernière tentative auprès de mon père.

Un samedi après-midi, je me suis avancé dans son dos tandis qu'il bricolait devant l'établi du garage. Il tentait de réparer la veilleuse de la chambre d'Angelina qui, depuis deux jours, refusait de s'allumer en produisant une douce musique.

La nuit précédente avait été plutôt agitée et la réparation de l'objet paraissait désormais une question de santé publique pour le clan Fabiani.

– Hum…

Mon père a bondi au plafond en lâchant la précieuse veilleuse d'Angelina qui s'est brisée en mille morceaux sur le sol.

– Bon sang Adrien, tu m'as fichu une de ces trouilles ! Personne ne t'a jamais expliqué qu'on ne s'approche pas dans le dos des gens sans les prévenir. J'aurais pu avoir une crise cardiaque !

Sur le coup, j'ai failli m'excuser comme je l'aurais fait en temps normal mais je me suis forcé à garder les lèvres scellées. J'ai baissé les yeux vers les restes de la veilleuse.

– Elle est fichue maintenant, j'ai dit d'un ton qui se voulait sarcastique.

Papa n'a rien remarqué. Comme d'habitude, il planait à une altitude de plus de dix mille pieds.

– Ce n'est pas grave mon fils, je vais en acheter une autre. De toute manière il faut que je sorte faire des courses pour le grand repas de ce soir.

– Le grand repas de ce soir? Quel grand repas de ce soir?

Déjà mon père s'était emparé de la balayette et de la pelle. Dans une minute tout au plus l'incident ne serait qu'un mauvais souvenir qui finirait à la poubelle.

– Ta mère ne t'en a pas parlé? On a invité monsieur Caluini et Daphné à dîner avec nous ce soir.

– En quel honneur? j'ai demandé de méchante humeur.

Papa a enfin commencé à me regarder d'un drôle d'œil.

– Mais enfin qu'est-ce qui t'arrive, Adrien ? On les a invités en l'honneur que ça nous fait plaisir de voir du monde vu que, ces derniers temps, nos sorties ont été plutôt restreintes.

J'approchais du but. Je sentais que mon père allait bientôt se mettre en colère contre moi. Il fallait juste ajouter la goutte d'eau qui ferait déborder le vase.

– Tiens c'est bizarre, j'ai persiflé l'air innocent, je pensais que la compagnie d'Angelina suffisait amplement à votre bonheur.

Manque de chance, papa n'avait pas entendu ma venimeuse réflexion. Il filait déjà vers le supermarché le plus proche.

Le dîner s'est plutôt bien passé, du moins jusqu'au moment où je me suis senti obligé de placer une remarque assassine.

– C'est agréable de se retrouver tous ensemble sans subir la tyrannie du petit monstre !

Daphné m'a longuement regardé, puis elle s'est emparée du couteau et a commencé à écrire dans sa purée en murmurant :

– Nouvelle arrivée dans la famille
Étape de la vie
Sérénité.

– Qu'est-ce qu'elle dit ? m'a demandé papa d'un air inquiet.

J'ai balayé ses craintes d'un revers de main.

– C'est rien, c'est juste de la texto-poésie.

Depuis la rentrée, la folie texto-poésie s'était répandue comme une traînée de poudre chez les filles du collège. Une grande de troisième avait découvert ce nouveau mode d'expression durant ses vacances au Japon et avait transmis le virus aux autres élèves.

– Poésie à la noix
Filles pâmées
Consternation.

La plupart des collégiennes ne s'exprimaient désormais plus qu'à travers ces sortes de haïkus[1] génétiquement modifiés. Je constatais avec effroi que Daphné commençait elle aussi à succomber à la terrible épidémie. Pour l'instant, les garçons paraissaient épargnés par la contagion. Nous nous contentions de taper comme des malades dans le ballon rond.

– Mais ça m'intéresse beaucoup, a déclaré mon père sur un ton enthousiaste, comment ça fonctionne ?

Aussitôt Daphné s'est fait un devoir de lui en enseigner les secrets de fabrication.

– C'est très simple. Il faut en quelques mots, le moins possible, saisir l'instant, l'étincelle d'une situation, l'image fugitive…

De son côté, maman a bondi de sa chaise comme si elle venait d'apercevoir un bataillon de cafards défiler au beau milieu de sa cuisine.

– Tiens, j'entends Angelina qui commence à s'agiter, elle a dit, ça va être l'heure de sa tétée. Je reviens dès que je peux…

1. Petits poèmes japonais.

Et elle a filé vers la chambre d'Angelina.

M. Caluini en a profité pour se rapprocher de tante Pauline et ils ont commencé à rechercher sur le plan de la ville un musée qui aurait échappé à leur délire culturel.

Sans dire un mot, j'ai terminé ma purée.

Ma décision était prise.

Dès que possible, j'allais mettre en route le plan « faire la misère à mes parents » version trash.

Une liste qui n'est pas facile à établir

(et pourtant il le faut)

Le lendemain, j'ai dû élever la voix pour me faire entendre. Le chahut qui régnait dans la cantine était assourdissant.

– Alors, qu'est-ce que vous pensez de mon idée de passer le plan « faire la misère à ses parents » en mode trash ?

Je m'étais débrouillé pour manger à la même table que Daphné et Nicolas, et bien entendu je n'avais pas pu m'empêcher d'en rajouter sur mes déboires familiaux.

Une fois le repas terminé, Nicolas qui est plus lent que nous a emporté son dessert avec lui. La reine de la texto-poésie m'a fait signe de les suivre à l'extérieur.

– Tu es certain qu'il n'y a pas d'autres possibilités ? elle a demandé tandis que nous nous dirigions vers un banc.

– Je t'assure. Hier, je suis tombé sur les photos que mes parents ont prises depuis notre retour de Corse. Eh bien, il n'y en a pas une seule de moi !

– Plus d'un mois et demi sans prendre un cliché de la star ! s'est exclamé Nicolas en terminant sa part de tarte aux pommes. Où se cachent donc les paparazzis ?

Je lui ai donné un coup de coude.

– Ne te moque pas, c'est grave. Plus de deux cents photos d'Angelina et pas une seule de moi !

On a regardé un moment la cantine se vider. Comme après un match de championnat perdu par l'OM, tout le monde sortait la tête basse avec l'envie d'aller se coucher. Daphné s'est tournée vers moi.

– Et si toi aussi tu t'occupais un peu de ta petite sœur?

– Mais je m'en occupe! Parfois le soir, je lui joue des morceaux au piano pour l'endormir. L'autre jour, je lui ai même donné son bain. Ça n'a rien changé à son comportement! Angelina est un monstre glouton qui absorbe à elle seule toute l'attention des gens qui m'entourent.

Nicolas a enfin daigné compatir à mon malheur.

– Je comprends ce que tu es en train de vivre. Dans ma famille, nous sommes cinq enfants et je suis l'aîné. J'ai connu ça…

Daphné, à son tour, a décidé de faire cause commune.

– Bon d'accord, tu vis un grand moment de détresse affective. Mais la vraie question à se poser est celle-ci : comment comptes-tu t'y prendre pour te sortir de ce cauchemar?

Je n'ai pas hésité deux secondes.

– Je vais continuer à suivre les conseils de Nicolas, puissance dix! La méthode « soft » ne passe pas auprès de mes parents.

– Et qu'attends-tu de nous? a insisté Daphné.

J'ai sorti une feuille et mon stylo à encre qui crachote de mon sac.

– Je veux que vous m'aidiez à établir une liste des énormes misères que je pourrais faire à mes parents, j'ai dit le plus sérieusement du monde.

Daphné s'est tout de suite sentie concernée par ma proposition.

– Super! elle s'est exclamée. Mettons-nous au travail tout de suite, il ne nous reste plus que vingt minutes avant la reprise des cours.

Je me suis placé en position d'écriture automatique.

– Vas-y. Je t'écoute!

Ma copine était déjà dans les starting-blocks.

– Prépare-toi à noter, parce que ça va sortir à la vitesse grand V!

– Je n'attends plus que toi.

Daphné a pris une profonde inspiration et elle s'est lancée.

– Alors, tu peux rapporter de mauvaises notes, ne pas ranger ta chambre, ne pas faire ton lit, ne pas débarrasser la table, ni la mettre, poser les coudes dessus pendant les repas, mettre le son de la télé trop fort, couper la parole à tes parents...

Puis elle s'est arrêtée, elle a écarté les bras et elle a pris son air satisfait qui m'énervait déjà en sixième.

– Alors qu'en penses-tu ? elle m'a demandé. Géniales mes idées, non ?

Je n'ai pas pu me retenir d'exploser.

– Qu'est-ce que tu crois que je fais depuis le début de la crise, que je me tourne les pouces sans doute ? J'ai déjà tout tenté dans ta liste ! L'autre jour, j'ai même invité mon équipe de foot à s'entraîner à la maison. Avant la naissance d'Angelina maman aurait pété un câble, mais là rien. Pas la moindre réflexion.

Nicolas a posé sa main sur mon épaule.

– Calme-toi, Daphné pensait bien faire. Elle n'a pas compris que tu avais besoin de solutions plus… radicales !

J'ai approuvé d'un mouvement de tête.

– Oui, c'est ça. Nettement plus radicales.

– Alors écris ce que je vais te souffler. En matière de radicalité, tu peux avoir confiance en moi.

Je me suis remis en position et Nicolas s'est lâché.

– Tu vas, par exemple, repeindre les murs de la chambre de ta sœur avec ses couches.

– Des couches usagées ? j'ai demandé.

– Bien entendu, a répondu Nicolas sans hésiter, sinon cela n'a pas le moindre intérêt. Tu peux également déchirer les photos de naissance de ta sœur, mettre le feu à la collection de tapis de ta mère, verser du sucre dans le réservoir à essence de la voiture de ton père…

J'ai arrêté d'écrire et j'ai levé mon bras droit en l'air. Je l'ai agité en signe de capitulation.

– STOP !

– Quoi ? Que se passe-t-il ?

– Ce n'est pas la peine de continuer, je suis incapable de faire ce genre de choses à ma famille.

– Comment ça, tu en es incapable ! s'est exclamé Nicolas. Après le faux anniversaire de l'an passé[1], je te crois capable de tout !

J'ai rangé la feuille et le stylo-plume au fond de mon sac.

– Non, ce n'est pas la peine d'insister…

Daphné s'est dressée comme si elle venait d'apercevoir un défilé de souris majorettes parader sous le banc.

– Mais il y a cinq minutes, tu nous suppliais de te donner des idées démoniaques ! elle a dit avec un petit sourire sarcastique au coin des lèvres.

– C'était il y a cinq minutes. Entre-temps, j'ai compris que je ne pourrais jamais faire de mal aux membres de ma famille. Même pour reconquérir leur affection.

Daphné a adressé un clin d'œil à Nicolas.

1. Lire *La fille qui rend fou*.

– Je vois, monsieur se dégonfle ! Dans ce cas, nous perdons notre temps. Viens Nicolas, nous n'avons plus rien à faire ici.

– Je te suis, il a répondu. Sache que tu me déçois Adrien, un gars tel que toi ne devrait jamais renoncer. Tu m'entends ? Jamais !

Je les ai regardés s'éloigner sans protester. J'étais anéanti. Si même mes amis ne pouvaient m'aider, vers qui allais-je me tourner ?

Soudain ils se sont arrêtés, Daphné a marmonné quelque chose à l'oreille de Nicolas, ils ont fait demi-tour et sont revenus vers moi. Daphné avait du mal à camoufler un fou rire naissant.

– À propos, tu lui feras de grosses papouilles de notre part.

– À qui ? j'ai demandé naïvement.

– Mais à ta sœur, a crié Nicolas. La jolie Angelina !

Ensuite je les ai poursuivis à travers la cour tout en les insultant à voix haute.

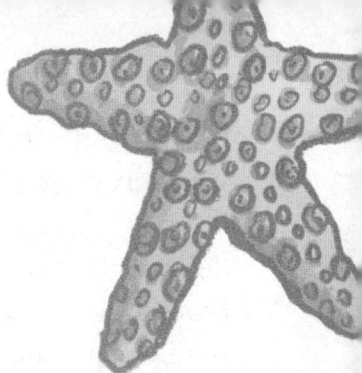

Une journée qui commence mal
(et qui a tout l'air d'un cauchemar)

Le grondement s'amplifiant de seconde en seconde, j'ai ouvert un œil. C'est le droit qui s'est ouvert le premier, le gauche étant encore incrusté au fond de l'oreiller, et j'ai regardé du côté de ma table de nuit. Les chiffres fluorescents du réveil affichaient : 05.37.

À cette heure-ci, même les poules dormaient encore !

Mon œil a effectué un virage à quatre-vingt-dix degrés sur la droite, jusqu'au calendrier de l'OM, et il a vite constaté qu'il y avait déjà quatre dates cochées ce mois-ci d'une croix rouge. C'était donc la cinquième grasse matinée que me saccageait cette pleureuse de petite sœur. Depuis quelque temps, les boules de cire que j'achetais en quantité industrielle ne m'étaient plus d'aucune utilité. Les cris d'Angelina passaient à travers avec la même facilité qu'un coup franc tiré devant un mur de défenseurs parisiens.

Mais cette fois, ma décision était prise. Elle allait affronter la colère du grand Adrien !

Je me suis levé sans faire de bruit, j'ai enfilé la paire de pantoufles que m'avait offertes tante Pauline, et qui selon Daphné me donnent un air de petit vieux, et j'ai trottiné sur la pointe des pieds jusqu'à la chambre de la terreur en couches-culottes.

L'ennemi était là, il m'attendait, tapi au fond de son berceau. Une odeur fétide se dégageait de l'antre de la bête. Un mélange détonant de relents aigres de fin de biberon et de défécations matinales. Je me suis bouché le nez pour être sûr d'arriver jusqu'à elle sans vomir sur la moquette rose bonbon.

En jetant un regard circulaire, j'ai constaté que son environnement s'était considérablement dégradé en l'espace de quelques jours. Les frises décorées et le papier peint aux couleurs pastel se décollaient par pans entiers sous l'effet des vibrations sonores équivalentes à celles produites par un avion dépassant le mur du son.

Dès qu'elle m'a aperçu, Angelina m'a adressé une série de sympathiques gazouillis destinés à m'attendrir mais je ne suis pas tombé dans le piège que me tendait le petit monstre.

Je suis resté de marbre.

– Ah tu veux jouer avec moi ! j'ai dit en prenant un air terrible. Mais tu ne sais pas qui je suis, moi ! Je suis un fou ! Un barjo !

Bien décidé à garder l'avantage de l'effet de surprise, je ne lui ai pas laissé le temps de m'envoyer une décharge sonique à la figure. J'ai foncé sur elle et j'ai neutralisé son arme vocale en apposant ma paume droite sur sa jolie petite bouche en cœur.

Une fois le bâillon acoustique en place, j'ai jubilé :

– Alors, on fait moins la maligne maintenant ! Tu comptes continuer longtemps à terroriser le quartier et à retenir toute une famille en otage.

Les yeux de la poupée satanique se sont arrondis, gorgés d'une terreur naissante. Elle comprenait enfin qu'elle avait affaire à forte partie.

J'ai continué sur le même ton. Je me sentais bien dans mon rôle de méchant.

– OK. Alors voilà ce qui va se passer. Je vais lentement retirer ma main de ta bouche. Si tu hurles, alors tant pis pour toi !

J'avais entendu ce genre de discours des dizaines de fois dans les productions américaines et à chaque fois ça marchait. La victime se taisait. Sauf que là nous n'étions pas à Hollywood, mais plutôt à Aïolywood[1]. Sitôt ma main éloignée, Angelina m'a balancé un hurlement d'une puissance d'au moins 540 décibels en pleine figure. Instantanément, j'ai remis ma main en place. J'ai patienté quelques minutes, le temps de retrouver toutes mes facultés auditives, et puis j'ai pris ma décision.

– D'accord petite. Tu m'as cherché, tu m'as trouvé !

Je l'ai soulevée sans ménagement, direction la cuisine.

J'ai récupéré un torchon dans le tiroir du placard et je l'ai coincé dans l'orifice buccal de la furie frangine. Puis j'ai posé le poupon démoniaque dans son transat et je lui ai demandé :

– Alors, qui c'est le chef ici ?

Bien entendu, Angelina n'a rien répondu. Elle s'est contentée de me fixer avec ses yeux ronds et puis soudain son visage a commencé à virer au rouge écarlate.

1. L'aïoli est un plat typique du Midi à base de morue, de légumes et accompagné d'un coulis d'ail à l'huile d'olive.

Je ne me suis pas affolé pour autant.

— Tes astuces ne prennent plus. Arrête de faire semblant de suffoquer !

Ses petites mains ont balayé l'air dans tous les sens et le rouge a viré au bleu, c'est là que j'ai réalisé qu'elle ne jouait pas la comédie. Angelina était vraiment en train de s'étouffer !

Je me suis précipité sur elle, j'ai voulu retirer le torchon… impossible !

Je me suis redressé sur mon lit. Des gouttes de sueur perlaient sur mon front et mon cœur battait la chamade.

J'ai regardé autour de moi. Personne. Il faisait encore nuit noire et le calme régnait dans toute la maison.

Un cauchemar ! Bon sang, ce n'était qu'un mauvais rêve.

J'ai attendu que mes pulsations cardiaques retrouvent un rythme normal et puis j'ai foncé voir de quoi il retournait dans la chambre de ma sœur.

Angelina dormait tranquillement, ses petits poings serrés sur son chiffon-doudou. Elle ressemblait à un ange.

Je suis retourné me coucher. Rassuré.

Un quotidien qui dégénère
(d'heure en heure)

Tante Pauline a fini par retourner en Corse mais, avant de s'engouffrer dans le taxi qui allait la conduire jusqu'à l'aéroport, elle a déclaré :

– Je viendrai vous donner un coup de main pour les fêtes de Noël.

Sur le moment, j'ai cru malin d'ajouter :

– Peut-être que d'ici là, le maire aura inauguré un nouveau musée.

Maman a failli me gratifier d'une remarque, mais déjà Angelina hurlait. L'heure de sa mini-sieste était terminée.

– Voilà, voilà. J'arrive ! a crié maman en détalant vers la source sonore qui prenait peu à peu l'intensité d'une secousse sismique de magnitude 9 sur l'échelle de Richter.

Le taxi a démarré et papa s'est approché lentement de moi. J'ai cru qu'il allait me punir pour la réflexion que je m'étais permis de faire à Pauline, mais il a juste murmuré, l'air inspiré :

– Envol d'un être aimé
Espérance partagée
Regret.

Suite au départ de tante Pauline, la situation à la maison est rapidement partie en biberine[1].

1. Une situation qui part en biberine est une situation qui se dégrade.

Mon père a complètement sombré dans la texto-poésie.

Sitôt rentré du travail, il courait s'enfermer dans son bureau où il passait désormais la plus grande partie de la soirée à noircir des pages entières de ces petites phrases-mots sans queue ni tête. C'était devenu une véritable obsession.

– Je suis à la recherche de l'équilibre, répondait-il à ma mère lorsque cette dernière lui reprochait de ne pas la seconder plus efficacement.

Mais mon père était désormais plus concerné par l'équilibre structurel des vers qu'il étalait à longueur de cahier que par l'équilibre des tâches ménagères de notre famille agrandie.

En parallèle avec l'écriture forcenée, il développait sa pratique du bouddhisme, refusant de manger de la viande ou apprenant le yoga et ses étranges postures.

– L'âme du poète et le nirvana forment un tout, disait-il d'un air détaché. L'un ne va pas sans l'autre et réciproquement.

Aux dernières nouvelles, il envisageait de créer un club de texto-poésie et de lancer un grand concours régional avec remise de prix en présence de celui qui en était considéré comme l'inventeur, le célébrissime Hing Chî ô lï, âgé d'à peine douze ans.

Régulièrement, le matin au petit déjeuner, nous découvrions le résultat de ses longues nuits de créativité furieuse par l'intermédiaire de petits mots apposés sur la porte du frigo. Pas moyen de récupérer la bouteille de lait sans subir des poèmes du style :

Pleurs d'Angelina
dans la nuit
Troublante hystérie
Souffrance.

Enivrant parfum
de la couche souillée
Putridité matinale
Bonheur.

Je commençais à m'inquiéter sérieusement pour son équilibre mental.

Pour ma part, je poursuivais les escarmouches en direction de mes parents mais le cœur n'y était plus. Une dizaine de retenues le samedi n'avaient pas suffi à déclencher le plan Orsec chez les Fabiani, mais je me refusais à faire exploser la maison pour leur rappeler que derrière ma grande carcasse de préadolescent boutonneux se cachait un petit cœur tendre qui ne demandait qu'à être chéri.

Je me contentais donc, après avoir lu les divagations de mon père et les avoir ôtées de la porte du frigo, d'apposer mes propres messages, tout en m'autorisant certaines libertés de langage.

> J'ai encore eu un zéro en maths.
> Et un trois en géographie.
> Vous en avez toujours rien
> à foutre ?

Ou :

> Le prof de musique se demande
> pourquoi je travaille si peu mes
> partitions.
> Ça me gonfle trop, je vais arrêter
> complètement.

Ou bien encore :

> Les impôts ont appelé hier. Ça avait l'air très important, il fallait que vous les rappeliez d'urgence. C'est trop bête, mais j'ai oublié de vous prévenir.

Mes messages, pas plus que ceux de mon père, ne semblaient éveiller l'intérêt de ma mère malgré les gros mots. Elle les enlevait avec la rigueur d'un métronome pour y coller les siens.

On pouvait ainsi lire à loisir :

> S.O.S. Le frigo est vide. Si par hasard vous croisez l'épicier, n'hésitez pas à lui en parler. Il n'y a plus de couches non plus !

Ou :

> Quelqu'un peut-il se charger de commander des pizzas, je n'ai pas eu le temps de préparer le repas.

Ou alors :

J'ai annulé l'invitation des Brémont à passer le week-end dans leur maison de campagne.
Je ne crois pas que leur imposer les cris d'Angelina soit une bonne idée.

Il devenait évident que ma mère était toujours sous le joug d'Angelina le tyran. Elle ne possédait désormais plus une seule minute à elle. Elle donnait l'impression de courir dans tous les sens, perpétuellement en retard d'un biberon ou d'une couche. Au moindre décalage horaire, à la moindre contrariété, ma petite sœur hurlait si fort que les membres du CIQ[1] envisageaient sérieusement de porter plainte contre elle pour nuisances sonores et tapage nocturne.

Dans un dernier accès de lucidité, ma mère avait tenté d'inscrire le petit démon dans une crèche municipale, mais lorsqu'on

1. Comité d'Intérêt du Quartier. Spécificité marseillaise. Chaque quartier est représenté par une association d'habitants qui est en lien direct avec les élus de la municipalité et qui les informe des différents problèmes pouvant survenir au quotidien près de chez eux.

lui avait répondu qu'il y avait plusieurs mois d'attente et qu'elle était le numéro 4366 sur la liste, ses dernières illusions s'étaient envolées en fumée et elle avait abdiqué.

Angelina était désormais la plus forte. Elle avait envoyé maman au tapis et le reste de la famille Fabiani était K-O debout.

Nous avons touché le fond le jour où, avant de partir pour le collège, j'ai laissé un mot bien en évidence collé en plein milieu de la porte du frigo.

Il était écrit ceci :

Réunion des parents d'élèves de ma cinquième ce soir à 18 heures. La présence d'au moins un des parents est requise. Merci de ne pas l'oublier.

Et voici ce que je trouvais affiché à mon retour.

> *Pas le temps. Je dois amener Angelina chez le pédiatre.*

Un deuxième message m'attendait un peu plus bas.

> *Réunion éphémère d'intellectuels*
> *Débats sporadiques*
> *Illusion.*

Ce soir-là, je suis allé me coucher dès que je suis rentré et je ne suis même pas descendu dîner. Du fond de mon lit, j'entendais la maison s'agiter. Mon père faisait les cent pas dans son bureau en déclamant à voix haute des vers de son futur recueil de texto-poésie provisoirement intitulé : *Naître-respirer-mourir.*

Ma mère courait de la cuisine à la chambre d'Angelina, alternant les « Oh mon Dieu où est passé son biberon ? » avec les « Mais qu'a-t-elle encore à pleurer comme ça ? »

81

Ma sœur manifestait sa présence par un cri régulier d'une intensité sept sur une échelle sonore qui ne comportait que six degrés. Allez comprendre...

Et il y avait moi enfin, dont personne n'avait remarqué l'absence et dont les larmes coulaient en silence.

Ce soir-là j'ai compris qu'il n'y avait désormais plus qu'un miracle pour sauver ma famille du désastre total.

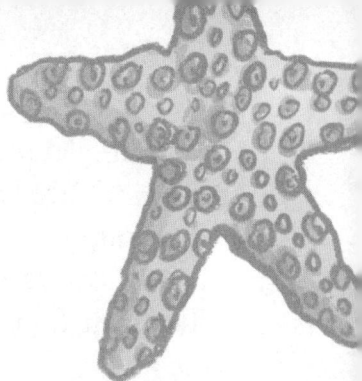

Une rencontre qui tombe à pic
(ça arrive parfois)

Le lendemain matin, sur le chemin du collège, j'ai croisé M. Caluini. Il marchait la tête basse et avait le pas lourd de celui qui se déplace avec des enclumes posées sur les épaules. Si je ne l'avais pas interpellé, mon ancien maître serait passé à côté de moi sans même me remarquer.

– Bonjour.

Il a levé les yeux, il semblait revenir d'un lointain voyage intergalactique.

– Salut Adrien. Comment vas-tu ?

— Bien, j'ai menti. Par contre vous, ça n'a pas l'air d'être la grande forme.

Il a soupiré.

— Ah toi aussi tu l'as remarqué…

Il aurait fallu être aveugle pour ne rien voir.

— Que se passe-t-il, l'OM s'est fait battre par le PSG ?

Il a soupiré encore plus fort que la première fois.

— Non, pire que ça.

Je me doutais que le départ de tante Pauline n'était pas étranger à son état, mais j'ai joué l'innocent.

— Pire que ça ? Il existe pour vous quelque chose de plus grave qu'une défaite de l'OM ?

— Oui, il a soupiré. Lorsque l'élue de son cœur est loin, la vie paraît bien fade à celui qui reste seul.

J'ai tenté de lui remonter le moral.

— Ma tante revient pour les fêtes de Noël. Vous n'avez plus longtemps à attendre.

— Je sais Adrien, je sais. Mais ça ne m'empêche pas de souffrir comme jamais.

J'ai poussé mon rôle d'incrédule au maximum, histoire de mesurer les sentiments de mon ancien maître vis-à-vis de ma tante Pauline.

– Vous souffrez encore plus que lorsque vous avez perdu le tournoi de foot interécoles?

– Bien entendu, s'est offusqué M. Caluini. Ce n'est pas comparable.

J'ai jeté un coup d'œil à ma montre.

– Bon, je vais vous quitter sinon je risque d'être en retard au collège.

Mon ancien maître a désigné la route qui menait à son école.

– C'est pareil pour moi. Passe une bonne journée.

Je n'avais pas parcouru dix mètres que sa voix s'élevait dans mon dos.

– Adrien!

– Oui?

– Est-ce que tu aimerais m'accompagner au stade ce soir? On affronte Monaco en championnat.

– Vous avez une place en plus?

M. Caluini s'est gratté la tête.

– Hum, c'est-à-dire que j'avais pensé y emmener ta tante Pauline et...

Je n'allais pas rater une occasion de passer une soirée loin de l'enfer familial. Je me suis empressé d'accepter.

– C'est d'accord. On se retrouve à l'entrée du métro ?

– Parfait. Tu veux que j'appelle tes parents pour les prévenir ?

J'ai balayé sa question d'un geste de la main.

– Non merci, cela ne sera pas nécessaire.

Et j'ai filé sans plus tarder vers le collège Thiers.

Le soir en rentrant à la maison, j'ai lancé à la cantonade :

– Je ne reste pas longtemps et je ne mange pas ici. Je vais au stade avec monsieur Caluini.

La voix de ma mère s'est élevée en retour :

– C'est toi Adrien? Pourrais-tu me rendre service et faire un saut chez l'épicier, je vais manquer de couches…

Papa a surgi du salon, ses lunettes posées sur le bout du nez. Comme à son habitude, il semblait déconnecté de la réalité.

Il m'a frôlé et a passé sa main dans mes cheveux en murmurant :

– Fils adulé porteur d'ambition
Tout n'est que mirage
Tromperie.

J'ai filé dans la cuisine. Je n'avais plus d'amélioration à attendre de mes parents, peut-être suffisait-il que je l'admette pour me sentir mieux.

Je me suis préparé un sandwich au saucisson, j'ai pris mon écharpe bleue et blanche et j'ai collé un mot sur la porte du frigo informant de l'heure de mon départ, de celle plus approximative de mon retour, ainsi que de l'objet de ma sortie.

Puis je suis parti, bien décidé à ne plus me poser de questions. Du moins pour la soirée.

M. Caluini m'attendait devant la bouche de métro.

– Comment ça se présente ? j'ai demandé.

– Le mieux du monde, il a répondu en souriant, leur gardien de but s'est foulé la cheville ce matin lors d'un entraînement. Du coup, ils ont titularisé leur gardien remplaçant. Ce sera son premier match au plus haut niveau, je te dis pas le carton qu'on va leur mettre !

Je me suis frotté les mains de satisfaction et aussi pour les réchauffer, la soirée s'annonçait sous les meilleurs auspices mais la température approchait zéro degré.

Le stade vibrait à l'unisson des chants des clubs de supporters et l'ambiance chaleureuse qui y régnait m'a réchauffé le cœur. J'avais l'impression de pénétrer dans une seconde famille.

Le match a commencé. Aucun des spectateurs présents autour de nous ne doutait du résultat final. L'OM allait écraser Monaco.

Malheureusement, les prédictions de M. Caluini se sont très vite révélées inexactes. Le jeune gardien remplaçant était en état de grâce. Multipliant les arrêts réflexes et les interventions miraculeuses, il est parvenu à conserver le score vierge jusqu'à la mi-temps.

— La chance des débutants, a déclaré mon ancien maître. Suis-moi, je te paie un coup à boire.

Je venais juste de glisser une paille dans ma bouteille de limonade qu'il me demandait :

— Allez, dis-moi, qu'est-ce qui ne va pas ?

Lui non plus n'était pas aveugle et il avait su lire en moi comme dans un livre ouvert. Je n'ai pas hésité une seule seconde, je lui ai tout raconté.

— C'est normal que ta mère soit accaparée par ta petite sœur, il m'a expliqué tandis que le haut-parleur invitait les supporters à regagner leur place, et si ton père se réfugie dans la texto-poésie c'est parce que, comme toi, il doit se sentir en manque d'affection. Tout finira par rentrer dans l'ordre, ne t'inquiète pas.

La deuxième mi-temps a commencé sur le même rythme que la première. L'OM dominait outrageusement, mais le gardien adverse parvenait toujours à garder sa cage inviolée.

Et puis soudain, ce que nous redoutions tous a fini par arriver. À dix minutes de la fin du match, sur l'une de leurs rares contre-attaques, les visiteurs ont inscrit un but.

M. Caluini s'est tourné vers moi, livide. Le masque de la défaite commençait à se dessiner sur son visage mais, au fond de ses yeux, luisait encore une lueur d'espoir.

— Il faut garder confiance Adrien. Lorsque tout semble perdu, il reste toujours l'arme ultime !

J'ai jeté un œil sur le banc des remplaçants.

— Mais il n'y a que des cabestrons[1] assis là !

— Je ne te parle pas des joueurs, il a rectifié, je fais référence à l'arme spirituelle !

---

1. Personne qui est nulle dans son domaine d'activité. Ce terme peut également s'appliquer aux animaux. Par exemple : ce cheval ne gagnera jamais le tiercé, c'est un véritable cabestron !

J'étais complètement perdu.

– Mais de quoi voulez-vous parler ?

Il a tendu un doigt vers le ciel.

– De la Bonne Mère[1] ! La protectrice de tous les Marseillais.

M. Caluini a joint ses deux mains et a improvisé une prière en direction de la statue qui brillait dans le ciel étoilé.

– Oh Bonne Mère, par pitié ! Donne-nous un coup de main pour gagner le match, sans quoi demain les gens de la capitale riront de nous !

J'étais stupéfait. Comment un homme aussi intelligent que lui pouvait-il s'en remettre à l'intervention d'une force divine pour une chose aussi terre à terre qu'un match de football ?

Et pourtant, deux minutes plus tard l'OM a égalisé. Et il a pris un avantage définitif à la dernière minute sur une reprise de volée de l'avant-centre acheté une fortune à un club de quartier.

---

1. Statue représentant une Vierge à l'enfant, érigée sur la coupole de la basilique Notre-Dame-de-la-Garde. On dit qu'elle veille sur les Marseillais.

– Ah, tu vois ! a hurlé mon ancien instituteur. Si la foi ne soulève pas les montagnes,
elle soulève au moins les ballons…

Il avait raison. Son vœu avait été exaucé.

Et tandis que nous quittions le stade en
liesse, une idée commençait à germer au
fond de mon esprit embrumé.

Une expérience qui traumatise
(pas à vie j'espère)

Le dimanche matin suivant, la porte de ma chambre s'est ouverte aux aurores (il n'était que dix heures) et ma mère est apparue tout sourire. Elle a ôté les trois boules de cire que j'avais accumulées dans chacune de mes oreilles et j'ai pensé : « Ça y est mon gars, voilà un nouveau cauchemar qui commence ! Maman va te demander de changer les couches d'Angelina ! »

Je me suis pincé à mort et mon cri de douleur m'a surpris moi-même. Bon sang, cette fois-ci je n'étais pas en train de rêver.

95

Ma mère a vérifié que je ne m'étais pas auto-amputé l'avant-bras.

– Tu es malade de t'infliger des trucs pareils ! elle a dit sur un ton consterné.

Puis elle a poursuivi sur un autre registre :

– Allez debout ! Aujourd'hui, c'est toi qui t'occupes d'Angelina. Moi, j'ai besoin de souffler. Je pars me promener dans les calanques !

J'ai regardé par la fenêtre. Un magnifique soleil brillait au-dessus de la ville, maman allait se régaler. Mais, pour ma part, j'avais d'autres projets en tête que de garder Angelina.

– Est-ce que papa ne peut pas veiller sur elle ? J'ai des tonnes de devoirs en retard qui m'attendent…

Déjà maman filait vers la liberté.

– Ton père est parti il y a une heure, elle a déclaré du fond du couloir. Il a rejoint un rassemblement de texto-poètes dans les gorges du Tarn. Ils organisent une marche nature apte à développer leur potentiel de créativité en accord avec le cosmos. Je n'invente rien, c'est écrit sur la brochure qu'il m'a montrée. Bref, il ne rentrera pas avant ce soir.

Ensuite la porte d'entrée a claqué et juste après une alarme s'est déclenchée. J'ai bondi hors de mon lit et couru jusqu'à la chambre d'Angelina. C'était bien elle qui venait de se réveiller et qui, comme à son habitude, manifestait son envie débordante de câlins et de biberons délicieusement tièdes.

Ses pleurs étaient terrifiants et j'ai cru un moment que mes tympans allaient exploser. Finalement j'ai réussi à m'approcher du berceau et à la prendre dans mes bras. Cela n'a pas mis fin à ses braillements pour autant. Certes elle pleurait moins fort, mais elle pleurait quand même.

J'ai commencé à hyperventiler et je me suis dit : « Mon petit Adrien, ce n'est pas le moment de paniquer. Il doit certainement y avoir une procédure d'urgence dont tu ignores l'existence. »

J'ai reposé Angelina dans le berceau et j'ai couru jusqu'à la cuisine. Mon intuition s'est avérée payante. Sur la porte du frigo trônait une note toute fraîche.

Mon cher Adrien,
Voici la liste des horreurs que ta petite sœur pourra te faire subir en mon absence et, en annexe, la liste des solutions qui te permettront peut-être d'échapper à l'enfer.

Bon courage.
Ta mère

J'ai jeté un rapide coup d'œil et j'ai de suite redouté le pire. La liste des tracas était dix fois plus longue que celle des remèdes.

J'ai compris que mon cas était vraiment désespéré quand j'ai commencé à détailler la liste qui pouvait permettre d'affronter le monstre.

Possibilités pour contrer Angelina

1. Se remplir les oreilles de boules de cire (cinq minimum par oreille).

2. Fuir le plus loin possible (Madrid, Tombouctou...).

3. Avaler un somnifère.

4. Lui mettre une tétine dans la bouche et la maintenir de force.

5. Lui raconter des histoires (attention, elle ne supporte que celles où il y a des princesses). Prévoir une cinquantaine d'histoires.

Il ne me restait plus qu'une seule solution. J'ai allumé mon téléphone portable.

Une demi-heure plus tard, Daphné sonnait à la porte. Sitôt entrée, elle s'est bouché les oreilles.

– De quoi s'agit-il ? elle a demandé en grimaçant. Pourquoi n'as-tu rien voulu me dire au téléphone ?

J'ai décidé de jouer franc jeu. J'ai hurlé pour couvrir les cris de ma sœur.

– Comme tu peux le remarquer, mon père et ma mère se sont absentés et je me retrouve seul avec Angelina.

– Et alors ?

– Daphné, tu m'as bien dit que je pouvais compter sur toi en cas de galère ?

Elle a hésité, sentant le piège se refermer sur elle.

– Oui…

– Super ! Je dois absolument m'absenter deux heures et j'ai besoin de quelqu'un pour veiller sur ma sœur.

Elle a réfléchi un court moment avant de répondre :

– Je suis d'accord à une condition.

– Laquelle ?

– Je veux savoir ce que tu vas manigancer pendant ces deux heures.

C'était gagné.

– Pas de problème, j'ai répondu en filant vers ma chambre. Ne bouge pas d'ici !

Lorsque je suis revenu, Daphné avait pris l'alarme humaine entre ses bras et la berçait dans tous les sens sans obtenir le moindre résultat.

– Tadadam! j'ai fait en tendant l'objet que j'avais apporté.

Daphné a eu un mouvement de recul.

– C'est quoi cette horreur?

Elle a désigné la boîte de camembert dans laquelle j'avais placé quatre pièces d'un jeu d'échecs. Sur le haut de chacune des pièces était collée une photo d'un des membres de ma famille. Ma mère représentait la reine, mon père le roi, j'étais le fou et ma sœur la tour.

Celle qui contrôle tout.

J'ai pensé qu'il y avait de grandes chances pour que Daphné se sauve en courant et ne veuille plus jamais me revoir jusqu'au jour de mon internement chez les jobastres[1], mais tant pis, j'étais allé trop loin.

– Ça, c'est un ex-voto[2] familial! j'ai expliqué le plus naturellement du monde.

---

1. Fou furieux. À Marseille, on dit aussi « bon pour le 68 ». Le 68 étant la ligne de tramway qui conduisait naguère à l'asile d'aliénés.
2. Tableau ou objet qu'on suspend dans une église ou un lieu vénéré, à la suite d'un vœu ou en mémoire d'une grâce obtenue.

Une heure après avoir abandonné une Daphné complètement abasourdie par mes explications mystiques, je gravissais en soufflant comme un mulet le chemin bordé de garrigue parfumée ainsi que la centaine de marches qui mènent à Notre-Dame-de-la-Garde.

L'effort valait bien le réconfort. Arrivé sur l'esplanade, j'ai fait une longue pause histoire de reprendre ma respiration, mais aussi de contempler le panorama merveilleux qui s'offrait à ma vue de préadolescent perturbé.

Comme jadis Athènes encerclant la déesse Athéna et son célèbre Parthénon, Marseille se déployait au pied de sa colline sacrée, sanctifiée par sa Vierge à elle, bonne et mère, et qui lui tenait lieu de cœur, de phare, d'ancrage et de bureau de poste pour requêtes spirituelles.

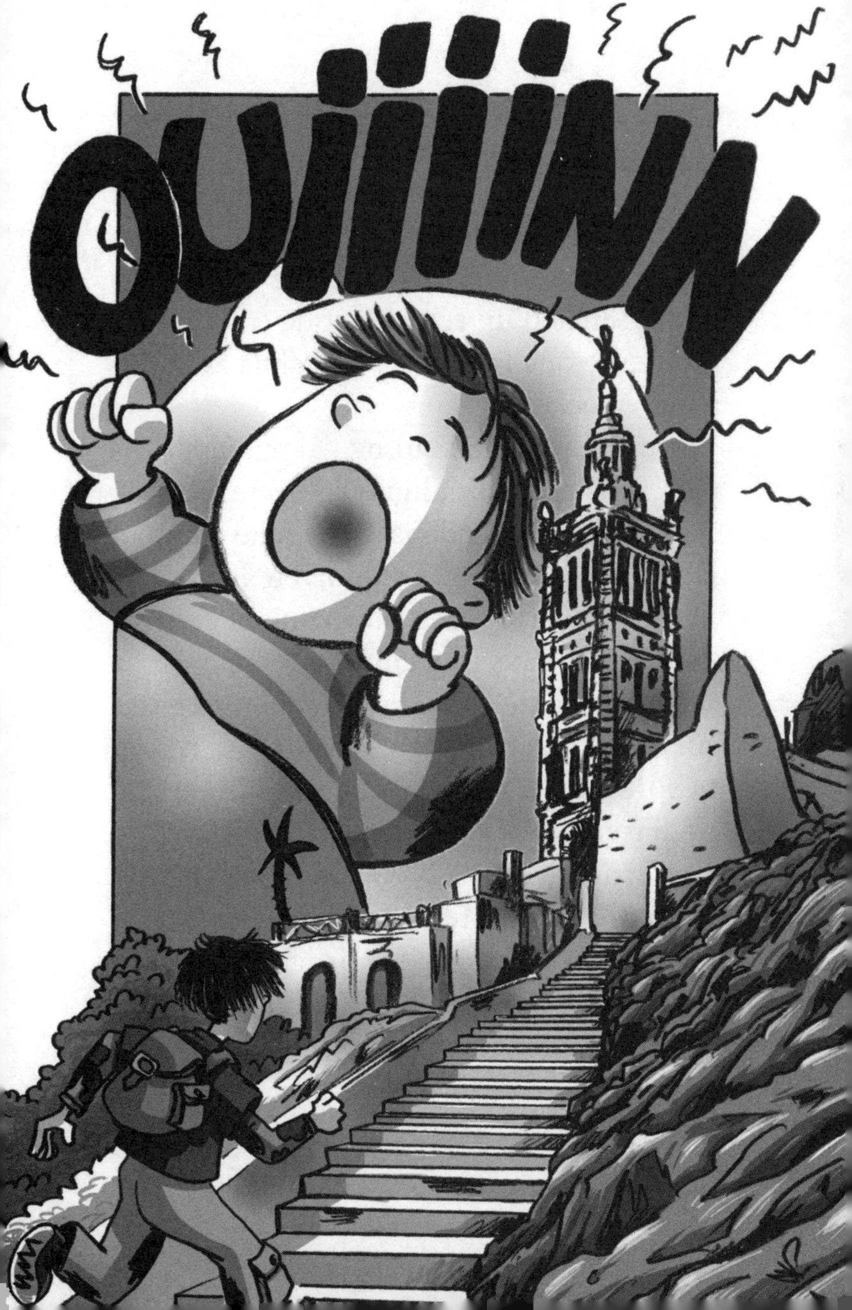
OUÏÏÏÏNN

Une fois reposé, j'ai franchi le pont-levis et j'ai pénétré dans la crypte.

La beauté du lieu m'a cloué sur place, il flottait dans l'air une sérénité qui me fascinait. C'était comme si je me retrouvais en présence d'un sentiment de tranquillité intérieure que la venue d'Angelina avait fait voler en éclats.

Je me suis signé comme j'ai pu, je n'étais pas certain d'avoir aligné les gestes dans le bon ordre, j'ai filé dans la chapelle haute et là, de nouveau, je me suis arrêté la bouche grande ouverte et les yeux roulant comme des galots[1] dans une cour de récréation.

Des centaines d'ex-voto étaient exposés sur les murs ou suspendus entre les colonnes de la nef. Des maquettes d'avions, de bateaux, des reproductions du stade Vélodrome...

Autant de prières adressées à la Bonne Mère pour protéger un proche lors d'un lointain voyage ou bien l'équipe de l'OM lors d'une rencontre importante.

---

1. Grosses billes, mais à Marseille seulement. Partout ailleurs dans le monde on dit : calots.

Après avoir cherché un moment, j'ai fini par dénicher un espace vide et j'ai accroché discrètement ma boîte de camembert.

Ensuite, je me suis agenouillé et j'ai murmuré :

– Faites que tout redevienne comme avant dans ma famille. Que nous soyons heureux de vivre ensemble…

J'ai hésité puis, comme je n'avais plus rien à rajouter, j'ai terminé sur un pathétique :

– Je vous en supplie !

J'ai attendu une réponse ou un signe quelconque qui me ferait comprendre qu'on avait bien reçu mon message, mais comme il ne se passait rien je me suis relevé et j'ai quitté l'église en me signant encore une fois dans le désordre.

Je me suis dépêché de retourner à la maison. Sur le chemin, j'ai soudain été envahi par une étrange sensation. Je me sentais comme libéré d'un poids qui pesait sur ma poitrine depuis de longues semaines.

Désormais, la balle n'était plus dans mon camp.

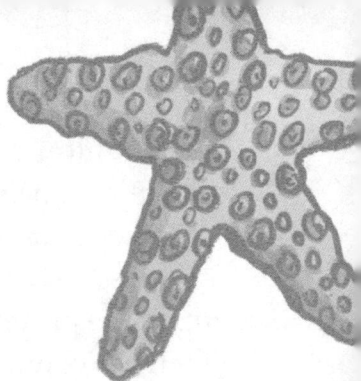

Une réunion qui remet les pendules (plus ou moins) à l'heure

Deux jours plus tard, le miracle s'est accompli.

Quand je suis rentré du collège, papa était revenu de son travail et m'attendait assis dans la position du lotus sur le tapis que maman avait rapporté d'un voyage en Inde. Ma mère, d'ailleurs, se trouvait à quelques centimètres de lui, assise dans la même posture méditative. Elle ressemblait à la déesse Shiva dont les multiples bras doivent être bien utiles pour les tâches quotidiennes.

– Réunion de famille ! a dit papa sitôt qu'il m'a vu pénétrer dans la pièce.

Médusé, j'ai posé mon sac dans un coin, ôté mes baskets et je me suis assis face à eux. Maman était tout sourire. Elle semblait détendue comme après un stage de méditation transcendantale dans une ferme de l'arrière-pays à deux mille euros la semaine.

J'ai tendu l'oreille. Aucun rugissement guttural, aucune alarme antivol, aucune sirène surpuissante. Juste la paix. La sérénité retrouvée.

– Où est-elle ? j'ai murmuré.

– Dans son lit. Elle dort, a répondu ma mère.

– Comment ça, elle dort ?

Maman a eu un petit sourire ironique.

– Sur le dos, les yeux fermés.

Moi aussi je me suis voulu moqueur.

– Vous êtes certains qu'elle est toujours vivante ?

– Oui, tout va bien. Elle respire normalement.

Mais je n'étais pas décidé à lâcher le morceau aussi facilement.

– C'est quoi le secret ?

Ma mère a exhibé un petit tube de granules homéopathiques.

– Chamomilla 9 CH. Cinq minuscules granules.

Je suis resté bouche bée quelques instants avant de m'exclamer :

– Alors là, je suis scotché !

Papa à son tour est entré dans la danse.

– Bon, ne tardons pas trop s'il vous plaît. Nous ne lui avons quand même pas donné un somnifère. Elle peut se réveiller à tout moment.

– Quel est l'ordre du jour ? j'ai demandé.

– Analyse de la situation familiale actuelle et remise en cause de l'attitude de ta mère envers Angelina.

– Ainsi que du goût un peu trop prononcé de ton père pour la texto-poésie, a ajouté maman.

– C'est exact, ma chérie. Totalement exact.

Une nouvelle fois, j'ai bloqué sur pause. Je n'en revenais pas. J'avais l'impression d'avoir retrouvé mes parents d'avant.

J'ai levé un doigt timide.

– Puis-je poser une dernière question avant le début de la réunion?

– Bien sûr, a dit ma mère, nous t'écoutons, Adrien.

J'avais du mal à y croire, des parents de nouveau à l'écoute de leur fils...

Se pouvait-il que mes vœux aient été exaucés et que la Bonne Mère se soit chargée de tout ça?

– Alors, ta question? a demandé papa.

– Ah, oui c'est vrai. La question!

– Oui, a souri maman, tu as dit que tu voulais nous poser une question.

J'ai pris une grande inspiration et je me suis lancé.

– J'aimerais savoir d'où vous vient cette soudaine... Hum... Prise de conscience.

Ma mère s'est rapprochée de moi et m'a serré contre elle.

– Quelqu'un nous a téléphoné hier soir, pendant que tu dormais. Nous avons eu une longue discussion à ton sujet et il nous a... Comment dire?

– Ouvert les yeux? a proposé papa.

– C'est ça, il nous a littéralement ouvert les yeux.

Papa s'est rapproché à son tour.

– Cela ne pouvait pas durer. Nous allions droit dans le mur.

J'ai pensé qu'effectivement le mur venait d'être évité de justesse. Mais qui était l'auteur du coup de fil salvateur ? M. Caluini ou bien une certaine dame patinée d'or ?

J'ai posé un bisou sur l'une des joues de ma mère et un autre sur une de celles de mon père.

Ma mère a tendu sa main droite.

– C'est moi qui commence. Je jure de ne plus me laisser envahir par Angelina. De vous consacrer plus de temps…

Elle a parlé durant près de dix minutes puis, à bout de souffle et d'arguments, elle a passé la parole à mon père.

Ce dernier a également tendu la main vers le plafond.

– Je jure de mettre la pédale douce sur la texto-poésie, de ne pas sombrer dans son côté obscur…

Cinq minutes plus tard, il s'est tourné vers moi. J'ai levé la main à mon tour.

– Je jure de travailler au collège, de me remettre à la pratique normale du piano, d'arrêter d'être de mauvaise humeur et de vous parler correctement…

Ma liste à moi a pris plus d'un quart d'heure.

– Ah quand même, a réalisé maman une fois que j'en ai eu terminé, le malaise était plus profond que je ne me l'étais imaginé.

Ensuite, on a entrecroisé nos doigts comme les mousquetaires leurs épées et, à l'unisson, nous avons poussé notre cri de guerre.

– Fabiani unis ! Fabiani pour la vie !

C'est ce moment précis qu'a choisi ma petite sœur pour se libérer de l'étreinte des granules homéopathiques. Un cri déchirant a fait trembler les fondations de la maison !

Ma mère s'est tournée vers mon père en prenant son air d'amoureuse transie qu'elle sait si bien imiter lorsqu'elle veut obtenir quelque chose de lui.

— Tu veux t'en occuper, mon chéri ? elle a susurré.

Mon père s'est levé doucement et il a murmuré :

— Pleurs en attente
   Leçon retenue
   Sagesse.

Maman a basculé en arrière et s'est évanouie sur le tapis indien.

Du grand art.

Un matin froid qui réchauffe Le cœur

(et Le reste aussi)

C'était une matinée comme je les aime. Une matinée hivernale par excellence. Froide dehors, chaude à l'intérieur. Un matin tranquille, sans avoir à se lever tôt pour aller au collège, puisque les vacances de Noël commençaient. Je me suis tourné vers les chiffres fluorescents du réveil qui trônait sur mon bureau. 07.30. Rien ne pressait, j'avais tout mon temps. J'ai remonté ma couette jusqu'au menton et je me suis blotti sur le côté droit du lit.

Je me suis concentré sur les bruits de la ville qui s'éveillait. Ceux du camion à ordures, les cris des éboueurs s'interpellant sans cesse. Un klaxon dans le lointain. Un chat qui miaulait, allez savoir pourquoi.

Puis, lentement, j'ai resserré mon champ d'investigation et je me suis contenté des bruits qui provenaient de la maison.

Le tic-tac caractéristique de la grande horloge du salon. Le ronflement de mon père. Un gazouillis dans la chambre du fond et des clochettes qui tintaient en mesure…

Des clochettes qui tintaient en mesure ?

J'en ai conclu qu'Angelina était également réveillée et qu'elle patientait en jouant avec le mobile musical suspendu au-dessus de son berceau.

J'ai pris une longue inspiration et je me suis levé. Tout en sifflotant un air à la mode, je me suis dirigé vers la cuisine encore plongée dans une semi-obscurité.

J'ai ouvert le frigo et j'ai récupéré un des biberons que maman préparait désormais à l'avance. C'est en refermant la porte que j'ai aperçu le petit mot accroché dessus.

> Cher frère,
>
> Il est minuit et nous venons de rentrer de l'opéra. Nous prenons une tisane dans la maison endormie. M. Caluini m'a proposé de venir dormir chez lui et j'ai accepté.
>
> Nous nous verrons donc demain...
>
> Ta sœur qui t'aime.
>
> Pauline

J'ai souri. Trois jours à peine que tante Pauline était revenue de Corse et déjà mon ancien maître l'accaparait à plein temps. Mon petit doigt me soufflait que la demande en mariage ne tarderait pas à suivre.

Une drôle d'idée m'a traversé l'esprit. J'ai éclaté de rire, seul comme un fadoli[1], en plein milieu de la cuisine, un biberon de lait à la main. Je m'imaginais M. Caluini devenant supporter de Bastia. Ou pire encore, d'Ajaccio ! La reconversion risquait d'être difficile. Voire impossible.

1. Diminutif de fada qui signifie simple d'esprit.

Les doux tintements des petites clochettes commençant à se répéter à intervalles
de plus en plus rapprochés, j'ai filé jusqu'à
la chambre d'Angelina.

En passant devant celle de mes parents,
j'ai perçu le ronflement de mon père et le
souffle tout en douceur de ma mère.

Depuis notre réunion de famille, ces
deux-là semblaient s'être retrouvés comme
jamais. Mon père avait volontairement
levé le pied question texto-poésie, cédant
la future présidence du club à Daphné qui
prenait son nouveau rôle très au sérieux.

Ma mère, pour sa part, avait appris à délé-
guer et à ne plus s'angoisser au moindre cri
de ma tyrannique petite sœur. Une petite
sœur qui d'ailleurs ne méritait plus trop un
si peu sympathique adjectif tant elle semblait transformée.

– Elle est comme le bon vin, disait papa,
elle se bonifie avec l'âge.

Nicolas n'avait pas été en reste dans ce
long cheminement vers une paix durable. Il
passait régulièrement à la maison, m'aidant
à remettre mes leçons à jour ou bien encore

me tenant compagnie lorsque je gardais Angelina tandis que maman allait se détendre une heure ou deux au hammam du quartier arabe.

Bref, la vie semblait être redevenue un long fleuve tranquille.

Pour parfaire cet idyllique tableau, j'avais reçu, la veille, une lettre en provenance d'Italie.

Sur le coup, j'avais décidé de la garder cachée au fond du tiroir de mon armoire et d'attendre le matin du 25 décembre pour la lire. C'était en quelque sorte un cadeau de Noël supplémentaire.

Mais la curiosité avait été la plus forte et une heure seulement après avoir adopté cette bonne résolution, je me précipitais pour décacheter l'enveloppe. La lettre de Sophia était brève.

Salut Adrien,

Pour ton problème, en Italie on a un proverbe qui dit :
"A ben si appiglia, chi ben si consiglia."
Ce qui signifie : "Qui prend conseil est près de bien faire."
Moi, je te dirais aussi : lorsque tu as un souci avec une fille, écoute ce que te souffle ton cœur !
Tchao bello.

Sophia

PS : Pour l'OM-MILAN, ne rêve pas trop. On vous écrasera si vous jouez contre nous !

Je suis entré dans la chambre rose en poussant doucement la porte et je me suis penché au-dessus du berceau. Aussitôt un sourire est apparu sur le visage de ma sœur et ses petits bras se sont tendus vers moi.

Je l'ai prise contre moi et je suis retourné dans le salon. Je me suis confortablement installé dans le canapé et, dès que j'ai approché le biberon de sa petite bouche, Angelina s'en est emparée et la gloutonne a commencé à tirer sur la tétine avec la ferveur d'un rescapé du désert saharien.

Le calme régnait dans la maison. C'était un instant précieux et j'en ai profité au maximum.

J'ai observé un long moment Angelina tandis qu'elle vidait consciencieusement son biberon, puis je l'ai posée contre ma poitrine comme maman me l'avait appris et je lui ai tapoté le dos pour l'aider à faire son rot.

Ensuite, je l'ai bercée entre mes bras et, tandis qu'elle se rendormait, je l'ai embrassée sur le front et j'ai murmuré au creux de son oreille les mots qu'il m'avait été si difficile de lui avouer :

– Je t'aime petite sœur !

Table des matières

Cap
Soleil

Retrouve Adrien, sa famille et
ses copains dans :

La ville qui rend FOOT

*

La fille qui rend FOU

*

L'île qui rend FORT

L'auteur

Jean-Luc Luciani est définitivement un enfant du Sud. Son père étant originaire de Corse et sa mère de Marseille, il lui est difficile de passer de longues périodes loin de la Méditerranée. Il réside d'ailleurs dans la capitale phocéenne. Les sources d'inspiration pour cette série lui viennent de sa propre famille ainsi que de ses souvenirs d'enfance dans l'île de beauté.

Pour en savoir plus sur Jean-Luc Luciani, vous pouvez consulter son site :

aujourlejour.free.fr

L'illustrateur

Thierry Christmann est né en 1964 en plein milieu des grandes vacances. Pourtant, depuis qu'il est illustrateur, il n'aime plus trop les vacances. Dès qu'il a un petit moment de libre entre deux livres à illustrer, il en profite pour dessiner ou pour lire des romans qu'il n'a pas à illustrer. De temps en temps, il se rend dans des écoles pour créer des histoires et en imaginer les dessins avec les élèves.

Il habite Strasbourg et a deux garçons, Robinson et Léo.

Retrouvez la série

Cap Soleil

sur le site www.rageot.fr

Achevé d'imprimer en France en décembre 2009
par l'imprimerie CPI Hérissey à Évreux (Eure).
Dépôt légal : janvier 2010
N° d'édition : 5072 - 02
N° d'impression : 112868